Valentina Nunes

Amigos
para sempre

Amigos
para sempre

DCL
**DIFUSÃO
CULTURAL
DO LIVRO**

Copyright © 2005: Valentina Nunes
Copyright © 2005 da edição: Editora DCL – Difusão Cultural do Livro

EDITORA EXECUTIVA:	Otacília de Freitas
EDITORAS RESPONSÁVEIS:	Camile Mendrot Pétula Lemos Daniela Padilha
COLABORAÇÃO:	Fernanda Maia Lista
REVISÃO DE PROVAS:	Ana Paula dos Santos Kátia F. da Silva
CAPA E PROJETO GRÁFICO:	Clayton Barros Torres
DIAGRAMAÇÃO E ARTE-FINAL:	Clayton Barros Torres

**Texto em conformidade com as novas regras
ortográficas do Acordo da Língua Portuguesa**

**Dados Internacionais de Catalogação na Publicação (CIP)
(Câmara Brasileira do Livro, SP, Brasil)**

Nunes, Valentina
    Amigos para sempre / Valentina Nunes. —
    São Paulo : DCL, 2005.

    ISBN 978-85-368-0066-0

    1. Amizade – Citações, máximas etc.
I. Título.

05-8234   CDD – 808.8

Índices para catálogo sistemático:

1. Amizade : Citações : Literatura   808.8

Editora DCL – Difusão Cultural do Livro Ltda.
Rua Manuel Pinto de Carvalho, 80 – Bairro do Limão
CEP 02712-120 – São Paulo/SP
Tel.: (0xx11) 3932-5222
www.editoradcl.com.br
dcl@editoradcl.com.br

Crédito das imagens

Getty Images
p. 6: David Trood Pictures; p. 10:
Erik Dreyer; p. 11: Frank Rothe;

p. 36: Archive Holdings; p. 42: Liz
Banfield; p. 54: Hulton Archive.

Bigstock Photo
Página 8.

Stock.xchng
Páginas 9 (Julie Elliot), 17, 22, 24,
27, 32, 33, 44, 52 (N.S. Júnior).

Istock Photo
Páginas 12, 14, 16, 18, 20, 28, 34,
37, 40, 47, 48, 49, 50.

Liquid Library
Páginas 13, 15, 41, 43.

Dreamstime
Páginas 21, 23, 26, 29, 30, 38,
39, 46.

Um amigo é uma alma em dois corações.

Aristóteles

Sempre presente, não importa a hora, o lugar, o momento...

❝ *Seja amigo fiel dos seus amigos.*
Al Stevens ❞

O amigo é parceiro certo de alegrias e tristezas,

de idas e vindas, de vitórias e derrotas.

" *Falar a linguagem da amizade entre os homens
é conhecer a linguagem do coração.*
Louis Retif "

E pode também ser um amigo oculto.

E contar tudo para ele: telefonando,

❝ *Amigo: alguém que sabe de tudo a teu respeito
e gosta de ti assim mesmo.*
　　　　　　Elbert Hubbar ❞

escrevendo,

cochichando,

gritando ou conversando em pensamento.

Um amigo é a certeza do ombro amigo,

❝ *Amigo certo se reconhece numa situação incerta.*
Cícero ❞

do abraço apertado,

do beijo especial,

do companheirismo.

Porque amigo de verdade tem qualquer idade,

*" Só existe uma coisa melhor do que fazer novos amigos:
conservar os velhos.*
Elmer G. Letterman *"*

credo, cor, nacionalidade.

" Grande parte da vitalidade de uma amizade reside no respeito pelas diferenças, não apenas em desfrutar das semelhanças.
James Fredericks "

Pode ser singular.

Ou plural.

❝ *A vida não é nada sem amizade.*
Cícero ❞

Do mesmo time ou não.

Pode ser irmão, primo, vizinho...

...pai, mãe, avô ou avó.

" *A amizade é um amor que nunca morre.*
Mário Quintana "

Ser simplesmente amigo.

❝ A amizade duplica as alegrias e divide as tristezas.
Bacon ❞

Aquele com quem a gente se sente bem, volta a ser criança...

ouve... às vezes, palavras duras (mas quando isso acontece, é porque ele quer o melhor para a gente).

As melhores experiências da vida é com o amigo que a gente divide.

❝ *Amigo é coisa pra se guardar debaixo de sete chaves, dentro do coração.*
Fernando Brant ❞

É só
lembrar das
descobertas
feitas juntos,

dos medos e perigos, das aventuras,

dos ataques de riso...

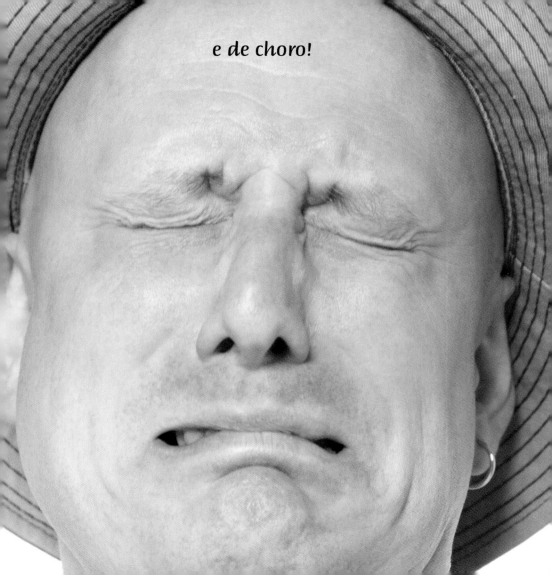

Pois quando o coração da gente se parte em pedacinhos, é o amigo que ajuda a juntar os caquinhos...

para seguir em frente...

*" Amigo é alguém com quem posso ser sincero.
Perto dele, posso pensar alto.*
Ralph Waldo Emerson "

Amigo é força e luz, calor e aconchego.

É ter para onde ir e chegar.

Do amigo a gente nunca quer distância,

❝ *Tenho amigos para saber quem sou.*
Oscar Wilde **❞**

mas chega uma hora em que não dá mais para ficar sempre junto. Como quando acontece o amor,

E a vida acaba levando cada um para o seu lado... deixando saudades.

❝ *A amizade é como o Sol: uma leve nuvem pode ofuscá-lo, mas jamais apagá-lo.*

Anônimo ❞

Mas ainda assim o amigo vive com a gente, num lugar especial, de eterno carinho, dentro do coração.

Para sempre...

> " ...amigo é quem te ama 'e ponto.' É verdade e razão, sonho e sentimento. Amigo é para sempre, mesmo que o sempre não exista."
>
> Vinicius de Moraes "

Conheça outros títulos da Editora DCL